La marimba de mi abuelo

Por

Adriana Ramírez

Ilustrado por

Santiago Aguirre

Español 4

IG: @veganadri

YouTube Channel:
"Teaching Spanish with Comprehensible Input"

adrianaramirez.ca

ISBN: 978-1-7773368-3-7

Hay sonidos que arrullan el alma y nos conectan con nuestras raíces.

Hay razones que sólo entiende el corazón.

Dedicatoria

Este libro está dedicado a mi abuelo y a las **raíces** afrodescendientes que **heredé** de él.

Agradecimientos

Para escribir y publicar este libro recibí la ayuda de muchas personas. Primero, quiero **agradecerle** a mi esposo que siempre tiene tiempo para leer lo que escribo, escucharme y darme **retroalimentación**. También quiero agradecerles a mis tíos que me **dedicaron** tiempo, y **pacientemente respondieron** todas mis preguntas. A la prima Luz, a mi mamá y a mi papá que también estuvieron ahí para ayudarme a entender cosas y **atar cabos**. A mi editora Patricia González que tiene **ojo de águila**, a mi amiga Kristi Lentz que me da las mejores recomendaciones, a mi ilustrador Santiago, que logró captar el espíritu de mi abuelo. Y, por último, quiero darle gracias a mi abuelo. Él nunca sabrá (porque ya no está con nosotros), la gran influencia que tuvo y que aún tiene en mi vida. Esta historia está escrita en su honor.

Este libro es una obra de ficción inspirada en hechos reales.

Introducción

Como colombianos, tenemos el **deber**, la responsabilidad y la obligación de **reconocer**, respetar y aceptar todas las **razas**, especialmente las **oprimidas**, que tuvieron y tienen un gran **papel** en la construcción de nuestro proyecto de país, y de lo que somos culturalmente.

Seremos una nación **viable** y **justa**, cuando todos conozcamos, aceptemos y reconozcamos nuestra multiculturalidad y nuestras **raíces**.

No podemos esperar que los gobiernos y sus líderes tomen el **liderazgo** de este proceso. Está en cada uno de nosotros, en nuestras manos, trabajar por **reconstruir** nuestra historia y contarla como sucedió. Tenemos que conocer, no sólo la historia contada por las **élites criollas**, sino también aquella vivida por los otros protagonistas de los mismos eventos.

Hasta ahora, nuestra historia como país y nuestra narrativa, se parece a una **pirámide**: el **poder** y la **riqueza** de las élites criollas (**aquellas** que han controlado y controlan el poder), y sus descendientes, está **construido** sobre el **sudor** y la sangre de las comunidades Afrodescendientes y los pueblos Indígenas (1).

Es nuestro deber **tumbar** esa pirámide, para poner todas las historias y todas las narrativas al mismo **nivel**, y así **podernos** entender como una cultura verdaderamente pluriétnica.

Las preguntas que nos debemos hacer son: ¿Quiénes somos? y ¿Qué queremos ser como nación?

(1) Palabras de Juan de Dios Mosquera, Director Nacional del Movimiento Cimarrón.

Adriana Ramírez

Índice

Línea del tiempo

1781: Revolución de los **comuneros**.

1810: **Grito** de Independencia —El **Florero** de Llorente.

1810 - 1819: **Guerras** de independencia.

1818: Comienza la **campaña** de independencia total con Simón Bolívar en Venezuela.

1819: 7 de agosto —Batalla de Boyacá— **Nacimiento** de la República de Colombia.

1821: Proclamación por parte del Congreso de la República de la "Libertad de Vientre" —Los hijos de esclavas que nacieran **a partir** de esta fecha serían libres cuando cumplieran 18 años, y después de pagar sus **gastos** de **manutención**.

1824: Última campaña **realista** con la intención de **devolver** el territorio colombiano a la corona española.

1851: 21 de mayo —el presidente José Hilario López **decreta** la libertad definitiva de los hombres y mujeres **esclavizados** en Colombia.

1991: La Constitución colombiana establece que **el estado debe** proteger la diversidad étnica y cultural de la nación. Además, se les da a las comunidades Afrodescendientes el **derecho** a la **propiedad colectiva** de las **tierras costeras** tradicionales del Pacífico, y la protección especial para el desarrollo cultural.

Colombia es un país que aún **mantiene** formas de esclavismo. Estas formas están **disfrazadas** de pobreza, miseria y **abandono estatal**.

Domingo

1803 …

En un lugar cerca a la ciudad de Popayán, Departamento del Cauca, Pacífico colombiano.

"Duerme, duerme, negrito
Que tu mama está en el **campo** negrito
Duerme, duerme, mi vida
Que tu mama está en el campo, mi vida

Te va a traer **codornices**
Para ti
Te va a traer rica fruta
Para ti
Te va a traer carne de cerdo
Para ti
Te va a traer muchas cosas
Para ti

Y si el negro no se duerme
Viene el diablo blanco
Y ¡ZAS! le come la **patita**
Chacabumba, chacabumba, abumba, chacabum

Adriana Ramírez

Duerme, duerme, negrito
Que tu mama está en el campo, negrito

Trabajando sí
Trabajando duramente, trabajando sí
Trabajando y va de **luto**, trabajando sí
Trabajando y no le pagan, trabajando sí
Trabajando y va **tosiendo**, trabajando sí
Para el negrito chiquitito
Para el negrito sí
Trabajando sí, trabajando sí

Duerme, duerme, negrito
Que tu mama está en el campo
Negrito, negrito, negrito".

Canción de cuna de autor anónimo, originaria de la región fronteriza entre Colombia y Venezuela.

1

1817...

—¿Qué haces Domingo? —le preguntó su madre preocupada.

—Nada mamá, aquí descansando.

—Sabes que si te ven haciendo eso te **castigan** —los hombres y mujeres esclavizados tenían **prohibido** hacer cosas de uso personal.

—Pero si no estoy haciendo nada mamá. Simplemente estoy organizando unas **tablillas** de **palma**. Nada más —le contestó Domingo mientras **pulía** las tablillas con mucho **cuidado**.

—¿De dónde sacaste esas tablillas? —le preguntó ella.

—De las palmas que están cerca al río, mamá —le contestó mirándola con mucho amor. Su mamá se preocupaba demasiado por él.

—¿Y qué estabas haciendo en el río? —le preguntó su mamá preocupada. Domingo estaba haciendo muchas cosas que un hombre esclavizado no tenía **permitido** hacer.

—Estaba **pescando**, mamá. Usted sabe que me gusta mucho ir al río. Allá me siento **libre**. Además, necesitaba **madera** para lo que estoy haciendo.

—Ay mijo, **cuidado**. No se **arriesgue** por un **pedazo** de madera —ella sabía lo que estaba haciendo su hijo. La pasión que tenía por la música **lo iba a meter** en problemas. ¿Por qué no podía simplemente vivir sin música?

—No es un pedazo de madera mamá. Es nuestra música. Son nuestras raíces. ¿O es que a usted ya se le olvidó de dónde venimos y quiénes somos?

—¡Cómo se me va a olvidar Domingo! —le contestó su madre mirándolo a los ojos—. Así hayan pasado trescientos años de **esclavitud**, y esta **parezca** nuestra realidad permanente, no fue así antes, ni será así para siempre. Algún día seremos libres. Puede que ni usted ni yo, pero sí sus hijos y sus nietos. Y ellos podrán hacer instrumentos sin tener miedo a que los **castiguen**. Y ellos podrán tocarlos libremente. Pero usted no. Usted está **arriesgando** su vida con lo que está haciendo.

—Y cuando eso pase mamá —le dijo Domingo con **certeza**—, porque yo sé que va a pasar, no quiero que estas tradiciones se pierdan —continuó Domingo mientras le mostraba las tablillas que tenía en su mano—. El viejo Braulio me ha estado enseñando a hacer una **marimba**.

—¿A qué horas? —dijo ella confundida. Los hombres y mujeres esclavizados no tenían tiempo libre y siempre estaban siendo observados. ¿A qué horas se estaban **reuniendo** y en dónde?

—De noche, después de que todos se van a dormir. A la luz de las **velas**.

—¿Dónde? —a ella no le gustaba eso. Ese era un motivo para ser **azotado**. Los hombres y mujeres esclavizados tenían **prohibido** reunirse para hacer cosas que no fueran **aprobadas** y **bendecidas** por la **Iglesia**. Y su música, la música de los negros, estaba prohibida. Según la Iglesia, su música era **diabólica**.

—En el patio de atrás. Allá no va nadie mamá, sólo los "perros" —le dijo Domingo con un tono irónico—. Cuando sea libre mamá —continuó hablando mientras seguía organizando las tablillas—, porque sé que algún día lo voy a ser, quiero llevarme este sonido conmigo, quiero enseñárselo a mis hijos, quiero que mis raíces no se pierdan. Y si no aprendo ya, ¿cuándo voy a aprender?

—Que no lo vean mijo, que no lo vean —le dijo su mamá angustiada. Ella sabía que por las venas de Domingo no corría sangre sino música: siempre, desde pequeño, buscaba la **manera** de **sacarle** sonidos armónicos a todas las cosas, siempre estaba **tarareando** y cuando cantaba, tenía una voz hermosa. Prohibirle que hiciera una marimba era como prohibirle que respirara.

—Tranquila mamá. No me van a ver —le contestó mirándola con mucho amor.

2

Domingo llevaba varios meses trabajando en hacer su propia marimba. Su amigo y maestro, Braulio, le había explicado que no **cualquiera** podía hacer una marimba. Para esto se requería **oído**, paciencia y **sabiduría**, y esto sólo lo dan las raíces. Un hombre blanco no podía hacer una marimba. Para hacer una marimba había que escuchar la **selva**, era el piano de la selva, y el hombre blanco no sabía escuchar la selva, él sólo la **destruía**.

Ya tenía todas las tablillas **listas** y en **orden**. Ahora estaba trabajando en los **resonadores** de **caña**. Muy pronto estaría **ensamblando** todas sus **piezas**.

—¡Shhhh!, Domingo, silencio que nos escucha el **capataz** y **nos metemos** en problemas —le dijo Braulio en voz baja. Domingo estaba muy emocionado y estaba hablando más fuerte de lo que **debía**.

—Lo siento, Braulio. Mira, traje estas hojas de palma para que **cubramos** la marimba cuando esté lista —le dijo Domingo, mostrándole unas hojas grandes y verdes que había cortado ese día por la mañana—. A este patio nadie viene, sólo los "perros" —le dijo con voz irónica—, y cuando vean las hojas de palma van a creer que es **basura**.

—Me parece bien —le contestó Braulio mientras le ayudaba a poner las hojas a un lado.

Después de un par de horas de trabajar **juntos**, a la luz de una vela, **ensamblando** todas las **piezas**, Domingo por fin vio su marimba **terminada**. Era mágica, era hermosa. Él la veía como una máquina de tiempo que lo transportaba trescientos años atrás, al África de sus antepasados. Él no sabía exactamente de qué parte del continente venían sus raíces, pues una vez llegaban los hombres y mujeres esclavizados a Cartagena, **separaban** las familias y los individuos de las mismas etnias y tribus, y se les prohibía hablar su idioma y practicar cualquier tipo de tradición cultural.

—Quiero tocarla, Braulio —le dijo Domingo emocionado. Ya estaba terminada, esperando **imponente** a que alguien la tocara.

—Ahora no. Esperemos al amanecer, cuando canten los **gallos** y las mujeres estén trabajando en la cocina, ahí la puedes tocar. A esa hora el sonido de la marimba se **confundirá** con el de la naturaleza, y nadie se dará cuenta que la estás tocando —le contestó Braulio mirándolo con calma. Había un momento perfecto para todo, sólo había que saber esperar.

Domingo y Braulio apagaron la vela, cerraron los ojos y esperaron pacientemente que llegara ese momento, cuando el sol anuncia que un nuevo día empieza. Esa hora del día tenía un olor especial, una temperatura y unos sonidos especiales. Los dos la sintieron y abrieron los ojos.

Braulio miró a Domingo y movió su cabeza, señalándole que era el momento de tocarla, y Domingo lo hizo. PIM, PIM, PAM..... Eran sonidos mágicos que **embrujaban**. La sangre de Domingo **retumbaba** en su cuerpo. Él sentía cómo los sonidos de la marimba lo conectaban con lo que él era. Él sabía que la magia de la marimba no sólo estaba en su dulce sonido sino en la **fuerza** y el poder de la naturaleza.

Cuando Domingo tocaba la marimba, al amanecer, sentía que por sus **venas** no corría sangre **sino** música. La música era cómo él se conectaba con la naturaleza. La música era cómo su gente se conectaba con el cosmos.

3

Pero un día el capataz no podía dormir. El país estaba en proceso de ser país y el **ambiente** estaba **tenso** en todas partes. Don Cipriano, el **dueño** de la finca, **luchaba** en el ejército de Simón Bolívar. El capataz sabía que don Cipriano necesitaba gente que se **uniera** a su **lucha**, y la opción más obvia era **reclutar** a sus propios **esclavos**. Pero esto iba a afectar la producción de la finca.

Estaban luchando por independizarse de la **corona** española, y cada vez iban **ganando más terreno**. Pero la corona estaba buscando **recuperar** los **territorios** perdidos, y estaba **reclutando** a todos **aquellos** que eran **realistas** (**seguidores** del rey de España) en el territorio colombiano.

El capataz decidió irse a **fumar** un tabaco al patio de atrás, a ese al que sólo iban los perros. Allí nunca había nadie, y nadie lo **molestaría**. Él necesitaba pensar.

Cuando se estaba acercando, vio el **reflejo** de luz de una vela. ¿Quién estaba ahí? A esa hora todos deberían estar dormidos, descansando para el día de trabajo que los esperaba. Un esclavo que no **hubiera dormido** bien era un esclavo ineficiente, y la **falta** de eficiencia no se **permitía** en la finca de don Cipriano.

El capataz se acercó **sigilosamente**. Quería ver bien qué estaba pasando sin **asustar** a los que no estaban siguiendo las órdenes. Si lo escuchaban podían **escaparse**, y él los quería coger a todos y **castigarlos**. Dio un paso, dos pasos. La luz de la vela **reflejaba** que había al menos tres personas. Hablaban bajo, muy bajo. Parecía que estaban ocupados haciendo algo que les **consumía** la atención. El capataz logró llegar lo suficientemente cerca para ver quiénes eran: el viejo Braulio, Domingo y su mamá, Tulia. Todos estaban mirando y limpiando una marimba, esos instrumentos

malditos que estaban prohibidos. ¿Cómo había llegado una marimba allí? ¿Qué era eso? Las marimbas producían una música que hipnotizaba a los negros, los hacía reunirse, **festejar** y ser felices. Un esclavo feliz no era eficiente en el trabajo: cantaba, hablaba, se reía. La felicidad los **distraía** de sus **labores** y los hacía ineficientes. La falta de eficiencia no se permitía en la finca de don Cipriano.

El capataz **no lo aguantó**. Sabía que tenía que hacer algo para **destruir** ese instrumento que tenía en frente. La marimba producía música **demoníaca**. Música que **alejaba** a los esclavos de los **caminos** de Dios. Su deber como capataz era tener esclavos eficientes, pero su deber como hombre de Dios era **salvar** a estas pobres almas del **infierno**. Tenía que sacarles los demonios que tenían adentro, y para eso tenía que destruir la **fuente** del mal: la música **diabólica** que estaba saliendo de la marimba. Cogió su **látigo** y comenzó a pegarles a todos.

—**Fuera** de aquí **inútiles** —les gritaba mientras les pegaba con su **látigo**—. Negros ineficientes que no siguen las ordenes. ¿Quién les dijo que podían venir al patio? ¿**Acaso** no saben que son esclavos y que no tienen libertad de hacer lo que quieran?

Tulia, Braulio y Domingo gritaban del dolor producido por los **latigazos**. Cuando ellos se movieron para **evitar** más **golpes**, el capataz **pateó** la marimba. Esta cayó al suelo, y allí siguió **pateándola** hasta que la **destruyó**, **quebrando** sus delicadas tablillas de palma y sus **tubos** de caña.

—¡No! ¡La marimba no, por favor! —Domingo **cayó de rodillas** y comenzó a llorar. Meses de trabajo estaban siendo **pisoteados**, literalmente, por este hombre ignorante que no sabía más que pegarles, gritarles y abusarles. Las **lágrimas rodaban** por sus **mejillas descontroladamente**. No sólo era la destrucción física de su primera marimba, sino la destrucción sistemática de todo lo que a ellos los definía. Cuando trataban de **reconstruirse** como personas, siempre eran **borrados** y **pisoteados**. Sólo servían para trabajar para el hombre blanco, para producirle **riquezas** y placer.

A Domingo le dolía tanto su corazón que no **se había dado cuenta** que estaba lleno de sangre, y que el capataz le seguía pegando latigazos a él, mientras él miraba lo que **quedaba** de su marimba. El dolor de su alma era más fuerte que el dolor físico que supuestamente **debería** estar sintiendo. La mamá de Domingo no **soportó** más ver cómo el capataz estaba **destrozando** a su hijo. Tulia **se soltó** de la mano de Braulio, que hasta ahora la tenía agarrada con fuerza, y **se lanzó** sobre el cuerpo de su hijo para protegerlo y ser ella la que recibiera los golpes.

El capataz paró, los miró con **desprecio**, dio media vuelta y se fue.

Los africanos no llegaron a Colombia en una migración voluntaria. Ellos llegaron de <u>manera</u> <u>forzada</u>, esclavizados y <u>torturados</u>. Ellos llegaron como <u>mercancía</u>.

4

—¡**Organícense** que don Cipriano necesita hablar con ustedes! ¡Rápido, todos paren ya! ¡En **fila**! ¡Ya mismo! —les gritó el capataz mientras **lanzaba** un par de **latigazos** para que los esclavos **se apuraran**.

Domingo era un hombre esclavizado, al igual que su mamá y muchos otros, por don Tomás Cipriano de Mosquera. Ellos vivían en una **hacienda** en la ciudad de Popayán, en el departamento del Cauca.

Su madre había llegado allí muy pequeña. Decían que los padres de don Cipriano la habían comprado en una hacienda en el Caribe, cerca a Cartagena, como **inversión**. En esa época, muchos esclavizadores preferían comprar mujeres más que hombres. Las mujeres eran muy buenas en los **oficios** del hogar y del campo, además podían tener hijos.

Estos hijos nacían siendo esclavos y pasaban a ser propiedad del esclavizador. Una mujer podía, fácilmente, darles a sus amos cuatro o cinco esclavos en su vida (sus hijos), por eso, ellas eran más **codiciadas** que los hombres.

Los hombres y mujeres **esclavizados** no eran vistos como personas, sino como animales. Muchas de las mujeres esclavizadas eran **abusadas** por sus amos y capataces. De estos **abusos** nacían hijos. Estos no eran nunca **reconocidos** por sus padres sino vistos como una **propiedad**. Y así fue como nació Domingo.

—Hoy vengo a proponerles algo, algo que es muy importante para todos nosotros —les dijo don Cipriano con voz **fuerte** y autoritaria—. Estamos **luchando** por la independencia total de la **corona** española. No queremos sufrir más la **opresión** a la que somos **sometidos** por unos **extranjeros** que sólo buscan vivir de lo que **producimos**. Ellos no nos dan nada, sin embargo, nosotros les damos todo — continuó mientras los miraba a los ojos.

Algunos de los presentes se movieron incómodos. Escuchar esas palabras era lo más **hipócrita** que podían escuchar:

¿Estaba don Cipriano hablando de España o estaba hablando de todos los **esclavizadores** que había en el territorio?

¿Estaba hablando de **liberarse** de la opresión española, mientras él, y muchos otros, tenían oprimidos a miles de afrodescendientes, a los cuales **explotaban** y abusaban cada minuto de sus vidas?

Estaba hablando de que ellos le daban todo a España, ¿y quién le daba todo a ellos?

¿Gracias a quién eran ricos?

Pero, aunque muchos pensaban esto, y en ese momento se miraron de **reojo**, no se **atrevían** a abrir la boca. Decir algo **al respecto fácilmente** les podía costar la vida.

—Esta es una oportunidad única —continuó diciéndoles don Cipriano— para todos nosotros, para ustedes, para mí, para nuestros **descendientes**. Tenemos en nuestras manos la posibilidad de independizarnos de España. Tenemos en nuestras manos la posibilidad de ser libres y de decidir nuestro futuro. ¿Quién quiere ser parte de esta **causa**? —dijo mirándolos **triunfante**.

Ninguno contestó. Don Cipriano pensó que sus esclavos iban a **recibir** esta invitación tan especial, de una **forma** más **alegre**. Era difícil entender a esta gente. La **falta** de **entusiasmo** por parte de ellos, **ante** este **anuncio** tan importante, le confirmaba lo que él siempre había pensado: que eran personas con un espíritu simple y sin ambiciones.

—Estamos **a punto de lograrlo** —**continuó** hablándoles. Sabía que tenía que decirles algo que los **motivara**, ¿qué los **podría** motivar a ellos?—, pero todavía hay muchos **realistas** que quieren que sigamos siendo parte de España. Todavía hay muchos que no quieren ser un país independiente. Necesitamos **enfrentarlos**, pero no podemos hacerlo sin la ayuda de ustedes. Los necesitamos a ustedes. Necesitamos que se unan al **ejército libertador**. Simón Bolívar viene desde Venezuela peleando **batallas** y nos necesita a nosotros luchando por la causa aquí.

Los esclavizados no sabían muy bien cómo **digerir** esta información. Ellos, desde siempre, habían soñado con la libertad. No había día que no pensaran en esto. Desde que sus **antepasados** llegaron a estas tierras, esclavizados por los españoles, habían soñado con ver el día en que ellos pudieran ser vistos y tratados como personas libres, como **iguales**. Pero luchar por esta libertad era luchar por una libertad que no tenía que ver nada con ellos.

—¿Y qué hay a cambio para nosotros? —preguntó Domingo mientras todos lo miraban **horrorizados**. Ellos no les hablaban a sus **amos**, y mucho menos pidiéndoles algo a cambio. Ellos no tenían derechos, y finalmente tenían que hacer lo que se les ordenaba— ¿Por qué vamos a **pelear** por una causa que no es la nuestra? —nadie estaba respirando en ese momento. Todos estaban esperando que el capataz, o el mismo don Cipriano, cogiera el látigo y le comenzara a pegar a Domingo—. Ustedes quieren **liberarse** de la corona española, pero ¿y quién nos va a liberar a nosotros de ustedes? ¿Quién nos va a dar nuestra libertad?

El capataz no **toleró** tal irrespeto y le pegó con su látigo a Domingo. Una, dos, tres veces. Esto era demasiado. Todos los presentes abrieron los ojos **de par en par**. ¿Cómo **se atrevía** Domingo a hablarle así a don Cipriano? Pero Domingo había perdido todo miedo, porque el día que el capataz destruyó su marimba, lo destruyó a él por dentro también. Domingo estaba vacío por dentro y ya no tenía nada que perder.

—Si se unen a mi ejército, al ejército **patriota**, les **ofrezco** la libertad absoluta —le contestó don Cipriano mirándolo a él y a todos los presentes. El capataz paró inmediatamente de darle latigazos a Domingo. Esas palabras no se las **esperaba**.

Todos hicieron un **ruido** de **asombro**. ¿Estaban escuchando bien? ¿Acababa don Cipriano de **prometerles** la libertad absoluta si se unían al ejército libertador?

Gracias a la esclavitud, las potencias colonizadoras (España, Portugal, Francia e Inglaterra) crearon un negocio muy rentable en sus colonias. Este negocio las volvió potencias comerciales. Para poder mantener su rentabilidad comercial, estas potencias necesitaban justificar de alguna manera, el sistema esclavista que habían creado. Por esta razón crearon un sistema racista.

5

Tomás Cipriano de Mosquera, **teniente** coronel del ejército libertador de Simón Bolívar, sabía el impacto que estas palabras tenían en esta gente. Él los necesitaba. Sin ellos no tenía **suficientes** hombres para **luchar** contra el ejército **realista**, que se **aproximaba** a **pasos** de gigante por el sur, desde Pasto. De hecho, no tenía mucho tiempo para formar un ejército **decente**. Necesitaba un ejército que le **diera** algo de esperanza, para ganar no sólo esa batalla sino las muchas otras que tenía que **pelear**. Si **bloqueaba** a los realistas ahora, estos perderían **fuerza**, y el proceso de independencia se **afianzaría**. Él lo sabía y Bolívar lo sabía.

Bolívar lo había autorizado a ofrecerle la libertad a los esclavos que se **unieran** a su causa. **Ambos** sabían que simplemente los podían obligar a luchar. Pero una cosa es luchar en una guerra cuando se está obligado, y otra es luchar cuando se está peleando por una causa. Y ellos necesitaban que los esclavos tuvieran una causa para luchar, y ganar. Ellos tenían que sentir que estaban luchando por su **propia** libertad.

—Yo me uno a la causa. No tengo nada que perder —le dijo Domingo mirándolo a los ojos.

—Perfecto —contestó don Cipriano con un poco de esperanza en su voz—. ¿Quién más se va a **unir**? **Recuerden**, los que se unan al ejército y **luchen** para ganar, **recibirán** a cambio la libertad absoluta —era importante **recordarles** por lo que tenían que luchar. Necesitaba esclavos motivados en el **campo de batalla**.

Todos los presentes comenzaron a **murmurar**. Aunque era una idea **prometedora**, sabían que muchos podían perder sus vidas, a cambio de una **promesa** de libertad. Una simple promesa. Después de unos minutos de pensarlo y de comentar en voz baja, más de la mitad de los hombres esclavizados de la hacienda de don Cipriano, dieron un paso adelante, decidiendo unirse al ejército libertador. Era mejor morir luchando por la esperanza de ser libres, que seguir viviendo esclavizados el resto de sus vidas.

****

Colombia logró su independencia definitiva de España, gracias a las muchas batallas que el ejército libertador ganó contra los realistas. Fueron más de diez años de constantes batallas. Este ejercito, estaba **conformado** en gran parte por hombres negros, en su mayoría esclavizados. Ellos se habían unido a esta causa en busca de una promesa de libertad y de ser iguales ante la **ley**.

En América Latina nos independizamos, pero no nos descolonizamos. El mismo esquema de razas y castas que usaban los españoles —construido desde una perspectiva eurocéntrica—, fue heredado e introyectado como parte de la narrativa de los nuevos países.

6

Ganaron, pero nadie cumplió.

—Muchachos, ganamos, ¿y ahora qué? —les dijo Domingo a otros dos **compañeros** de **batallón**, mientras hacían un poco de comida en la misma **fogata** que **servía** para **calentarlos**. Ellos llevaban ya varios años luchando **juntos**, y eran como hermanos. Habían **recorrido** prácticamente cada **rincón** del país, a pie, luchando en nombre de la independencia y de la libertad. Ya parecía que las cosas estaban llegando a su fin, y aunque todavía había **una que otra** rebelión realista, estas eran cada vez más **escasas** y fáciles de contener.

—Tenemos que esperar, Domingo. Dicen que Bolívar, el presidente Antonio Nariño y los **congresistas**, van a reunirse para hablar de lo que nos prometieron, nuestra libertad —le contestó otro soldado.

—Nos van a **traicionar**. Como siempre, no van a **cumplir** lo que **prometen**. No es nuevo. Eso lo **heredaron** de los españoles. Primero ellos, segundo ellos y tercero ellos —contestó Domingo con voz **amarga**. Hacía años había salido de su "casa" para luchar por su libertad, y todavía no tenía nada. Sólo frío y hambre. Frío y hambre era lo que había cuando estaban en las montañas. Calor y hambre era lo que había cuando estaban en la selva. Siempre hambre. El hambre era algo constante en la vida de los soldados que estaban luchando por la independencia del país.

—**Estoy de acuerdo** contigo. **Lo más seguro** es que nos **traicionen**. Ellos querían la independencia para perpetuar el mismo tipo de gobierno corrupto y **clasista**, heredado de los españoles, pero en versión criolla. Ellos no quieren cambios radicales. Quieren mantener el **poder** y el *status quo* —dijo otro soldado—. Y en este *status quo*, nosotros somos los esclavos que **construimos** todo. Nosotros somos los que traemos el **desarrollo**. Gracias a nuestras manos y a nuestro sudor es que ellos son ricos.

—Creo que tienes razón —le dijo Domingo— ya van varios años desde la independencia total y no nos han dicho nada sobre nuestra situación, pero eso sí, todavía tenemos que seguir **luchando**. Yo **cumplí** con mi parte. ¿Cuándo van a cumplir con la de ellos? —dijo Domingo con voz cansada y llena de desesperanza. Estaba cansado de luchar y seguir luchando, y no ser libre.

****

Y tal como Domingo y sus amigos **se lo temían**, Bolívar, el muy **aclamado libertador**, no cumplió con su palabra, ni don Cipriano, ni ningún otro miembro de la élite criolla. Para ellos, darles su libertad era perder sus privilegios, y esto era algo a lo que no estaban dispuestos a **renunciar**.

En el Congreso de Cúcuta, en 1821, no se hizo mayor **esfuerzo** por **abolir** la **esclavitud**. La libertad absoluta prometida, la cambiaron por la "libertad de **vientre**": los hijos de mujeres esclavizadas que nacieran a partir de 1821, podrían ser libres cuando cumplieran dieciocho años, y después de que pagaran sus **gastos** de **manutención** a su señor esclavizador.

Obviamente, para poder pagar dieciocho años de manutención, los jóvenes tenían que trabajar **gratis**, al menos por otros dieciocho años, perpetuando así el ciclo de esclavitud.

En el nuevo país se reproducen los esquemas de jerarquía impuestos por los españoles. En estos esquemas se clasifica a las personas según su color de piel. Por esta razón, desde un principio, las comunidades Afrodescendientes e Indígenas quedaron en las mismas desventajas históricas que tuvieron en la época colonial.

La discriminación y el racismo siguieron siendo parte del día a día.

7

—Esto no es conmigo. Yo me voy de aquí. ¡**Volémonos**! —les dijo Domingo a sus amigos mientras **empacaba** las pocas cosas que tenía en su mochila—. Ya sabemos lo que el gobierno ha decidido sobre nuestro futuro. Nosotros seguimos siendo esclavos y si no hacemos algo al respecto, esclavizados **moriremos**.

—Pero Domingo, nosotros luchamos por nuestra libertad y nos la ganamos —le contestó su amigo.

—¿Y qué? ¿De qué sirve eso? Ellos son los héroes en esta historia, no nosotros —dijo Domingo mientras terminaba de **echar** las últimas cosas y cerraba su mochila.

—Somos tan héroes de la **patria** como lo son ellos, así ellos no lo quieran reconocer —le dijo su amigo—. Es más, sin nosotros no nos llamaríamos patria. Sin nosotros no seríamos un país. Sin nosotros no **hubiera habido** libertad.

—Pero **se te olvida** que son ellos los que cuentan la historia. Son ellos los que escriben los libros. En sus historias y en sus libros nunca estaremos nosotros —le contestó Domingo frustrado. ¿Acaso su amigo no veía el punto? Nunca les iban a dar la libertad que les prometieron. Nunca—. Ellos son los que están en el poder, y el que está arriba cuenta la versión que le conviene.

—Yo entiendo Domingo, yo entiendo. Pero hemos luchado muy **duro** por años, ¿para **escaparnos** ahora? —le dijo su amigo con voz **impotente**. Él sabía que Domingo tenía razón pero, ¿cómo vivir en la **clandestinidad** cuando se habían ganado con sangre su libertad?—. ¿Vamos a vivir como **cimarrones** por el resto de nuestras vidas, después de que técnicamente ya somos hombres libres?

—¿Y qué? Prefiero vivir como cimarrón que como esclavo de unos esclavizadores, gente sin palabra y sin honor. Vámonos —le dijo Domingo **extendiéndole** la mano—. No somos ni los primeros ni los últimos que lo hacemos. Aquí, en el Cauca, no tenemos futuro. Nos van a volver a esclavizar en las fincas. Vámonos para Antioquia. Allá hay mucho negro libre. Allá no nos van a encontrar.

—¿Y de qué vamos a vivir? —le preguntó su amigo sabiendo que en realidad esta era su única y mejor opción. Lo demás eran sueños.

—Ya hemos estado por Antioquia varias veces luchando. Allá lo que hay es trabajo. Algo encontraremos —le contestó Domingo con una **sonrisa**.

Y así es como Domingo, y muchos otros como él, comenzaron su viaje a través del país para llegar al departamento de Antioquia. Varios meses pasaron caminando por el **monte** y durmiendo a la **intemperie**. La meta de Domingo era llegar a Medellín, la ciudad principal de este departamento. Pero Medellín quedaba arriba en las montañas, y para llegar a ella había que atravesar **selvas** y ríos. No era un camino fácil, y por eso, los que lograban llegar decidían quedarse allí.

Una vez llegó a Medellín, Domingo comenzó a buscar trabajo. Medellín era una ciudad muy

próspera con mucha **industria naciente**: había **sastres**, **zapateros** y **carpinteros**, había industria **textil**, de papel y de madera. Todos estaban buscando **mano de obra**. Todos querían **contratar** buenos trabajadores y gente honesta. A nadie le importaba quién era quién ni de dónde venían. Lo único que importaba para conseguir trabajo era la honestidad y las ganas de trabajar, y de eso a Domingo **le sobraba**.

Además, estaba el río. Medellín era un valle que estaba atravesado por un río. Domingo era un hombre de río. Sus raíces eran del río, y cuando estaba cerca a un río se sentía en casa. El río y la música eran las dos cosas que lo conectaban con la naturaleza, con el cosmos y con lo que él era.

Cuando las comunidades Afrodescendientes e Indígenas se encontraron, se dieron cuenta que compartían una cosmovisión similar. Además, el sufrimiento y el desplazamiento las unió. Juntas crearon una conexión y una apropiación especial del territorio.

A su conexión y relación profunda con la tierra, y la forma como se establecieron en su territorio, se le conoce como 'raizal', porque echan raíces. Hay raizales en el río y raizales en el mar. Hay comunidades Afrodescendientes del río y otras del mar.

8

—¿Qué experiencia tiene trabajando la madera? —le dijo don Rubén, el **dueño** del taller, mientras le miraba las manos. Normalmente un carpintero tenía manos **toscas**, y Domingo las tenía bien toscas.

—He hecho instrumentos en madera. También sé hacer sillas, mesas, lo que usted necesite —le dijo Domingo con esperanza en su voz. Él realmente necesitaba el trabajo. Necesitaba comer. Don Rubén parecía un hombre amable. Domingo sólo esperaba que no le preguntara por su pasado, por lo que había hecho antes de llegar a Medellín.

—Suena bien —contestó don Rubén **sin dudarlo**. Este muchacho **inspiraba confianza**. Tenía la **mirada limpia** y honesta, y experiencia en sus manos. Los ojos de una persona dicen más que mil palabras—. ¿Puede empezar mañana? Estoy **corto** de **personal** y tengo una **entrega** muy grande de **muebles**.

—Aquí estaré mañana **sin falta** señor. Muchas gracias por la oportunidad —le contestó Domingo mientras **le daba la mano**.

Domingo estaba feliz. Él sólo necesitaba que le abrieran una puerta, que le dieran la mano, y que **creyeran** en él. Don Rubén lo había hecho, había creído en él sólo con mirarlo. Con ese trabajo podía **alquilar** un lugar donde dormir y comprar comida. Esto era realmente lo único que necesitaba para vivir. Pero lo que no sabía Domingo era que ese trabajo le iba a dar mucho más que eso.

9

—¡Tío, tío! La tía Antonia necesita saber si usted va a ir con ella al doctor, o si no, yo la **acompaño** —le dijo Rosa a su tío Rubén mientras miraba a los ojos al nuevo trabajador. Era un hombre fuerte, de piel morena oscura, muy oscura, con ojos grandes y una mirada **profunda** e hipnotizante. Ella no podía dejar de mirarlo.

—No, Rosita. Ahora no puedo. Vaya usted con ella si me hace el favor. Yo tengo que terminar unas cosas con Domingo, que tenemos que **entregar** hoy —le dijo su tío mientras seguía **mostrándole** a Domingo las sillas que tenían que terminar.

Pero Domingo ya no le estaba **poniendo atención** a don Rubén. Domingo no sabía que su **patrón** tenía una **sobrina**. Domingo no sabía que Rosa existía. Domingo no sabía que una mujer lo podía hipnotizar, y mucho menos una mujer de piel blanca. Él estaba acostumbrado a que las mujeres de piel blanca lo miraran **por encima del hombro**, como si él fuera menos, pero Rosa no. Rosa lo miró a los ojos y le **sostuvo la mirada**.

Él no supo qué pasó después, pues los días siguientes pasaron como **nublados**. Domingo trabajaba, pero lo hacía por **inercia**, porque en lo único que pensaba era en Rosa. ¿Cuándo la volvería a ver? No había vuelto al taller desde ese primer día en que llegó como un huracán y lo hipnotizó.

10

—Domingo —le dijo don Rubén mientras le mostraba unas **llaves** que tenía en su mano—, tengo una habitación detrás del taller. Está llena de **chécheres**. Si la organiza y la limpia puede vivir ahí, y no me tiene que pagar **alquiler**.

—¿Y por qué don Rubén? —Domingo no podía creer lo que don Rubén le estaba diciendo. Vivir en el taller era su **sueño**, además de que esto le permitiría **ahorrar** plata.

—Usted siempre llega de primero y es el último que se va —dijo don Rubén mientras salía por la puerta de atrás del taller, hacia la habitación de la cual le estaba hablando—. Le voy a dar las llaves del taller para que sea el que abra y cierre. Así, si yo me tengo que tomar un par de días libres, estoy **tranquilo** porque sé que usted **está a cargo** —para don Rubén esto era un **alivio**. Encontrar un trabajador en el que pudiera **confiar plenamente**, hasta darle las llaves de su propio taller, era un **lujo**. Él lo había encontrado en Domingo. Estaba viejo y cansado, y no quería que toda la responsabilidad **cayera** sobre él. Ya era hora de encontrar una mano derecha que le ayudara.

—Bueno don Rubén, acepto la oferta. Le **agradezco** mucho que **confíe** en mí —le dijo Domingo **lleno** de felicidad. Esta era una oportunidad única.

—Cómo no voy a confiar en usted muchacho, si usted es un buen hombre. Lo vi desde el primer día que lo conocí —dijo don Rubén mientras abría la puerta de la habitación y se la mostraba a Domingo—. ¿Qué le parece? Está llena de **chécheres** como le dije, pero es **espaciosa**, tiene una buena ventana, tiene una **estufa** de **leña**, puede usar el baño de afuera, y le queda **cerquita** al trabajo —terminó don Rubén riéndose de sus propias palabras.

—¡Me encanta don Rubén! Muchas gracias.

Ya con las llaves del taller, y viviendo **ahí mismo**, Domingo no tenía que irse nunca, y a él esto le encantaba. Organizando su nueva habitación, se encontró unas tablas de palma. Sus manos temblaron de emoción. Ya sabía lo que iba a hacer. Por las noches, cuando estuviera solo y a la luz del **fuego**, comenzaría a hacer una marimba, como aquella que le había enseñado a hacer el viejo Braulio.

—Hola, ¿puedo pasar? —preguntó Rosa sin esperar a que Domingo le contestara, y mientras cerraba la puerta del taller **tras** ella. Rosa llevaba dos **tazas** de **aguapanela** en su mano.

—Hola Rosa —le dijo Domingo mientras le **recibía** una de las tazas que ella le estaba ofreciendo.

—Hola Domingo. Vi que el fuego estaba prendido en el taller y me imaginé que eras tú. Vine a ver qué estabas haciendo —dijo ella sentándose en la silla que había al lado del fuego.

—Lo que hago todas las noches —le contestó Domingo un poco **seco**. No quería sonar seco, pero estaba nervioso y no sabía qué más decir.

—¿Y qué es lo que haces todas las noches? —le preguntó Rosa **tranquila**.

—Estoy haciendo una marimba —le dijo mientras se **atrevía** a mirarla a los ojos. Le daba miedo mirarla a los ojos porque sabía que iba a quedar hipnotizado otra vez.

—¿Y qué es una marimba?

—La marimba es el piano de la selva —le dijo él mientras seguía trabajando en su instrumento.

—¡Qué bonito! —le dijo Rosa mientras tomaba un poco de aguapanela.

—¿Ha estado en la selva? —le preguntó él.

—No, no **salgo** mucho. Nunca he salido de Medellín. Siempre estoy ayudándole a mis tíos en todo lo que necesitan. No tengo tiempo de salir.

—¿Y sus padres? —se atrevió Domingo a preguntarle. Sabía que era una pregunta muy personal y **apenas** la conocía.

—Soy **huérfana**. Mis padres murieron en un accidente de **mulas**. Iban en mulas de Río Negro a Medellín y las mulas se fueron por un **barranco**.

Nunca encontramos sus **cuerpos** —dijo ella un poco triste.

—Lo siento. **No debí haberle preguntado** eso.

—Está bien —le dijo mirándolo a los ojos—. Mis tíos no podían tener hijos y me adoptaron. Son como unos padres para mí. Los quiero mucho y estoy muy **agradecida** con ellos —siguió ella con voz tranquila.

11

Y así pasaron Domingo y Rosa, noche tras noche, hablando a la luz del fuego, mientras Domingo trabajaba en su marimba. Ella llegaba con aguapanela para los dos, se sentaba y lo miraba trabajar. Hablaban de sus vidas, de su pasado, de sus sueños. Pero la verdad era que Rosa hablaba más que Domingo.

—¡Eres un héroe de la patria, Domingo! —le dijo Rosa asombrada, después de escucharlo contar la historia del ejército libertador.

—¿Y **de qué sirve** ser héroe si no eres libre? Soy un cimarrón —le dijo Domingo con **rabia**. Hablar de ese tema lo **llenaba** de rabia, pero también de tristeza.

—No eres un cimarrón. Eres un hombre libre, un trabajador honesto, y aquí en Antioquia nadie te va a encontrar —le contestó ella—. Me pregunto, ¿por qué nunca se habla de ustedes? ¿Por qué las glorias de la independencia son para los mismos cuatro o cinco hombres, que **no lo hubieran logrado** sin ustedes?

—Porque la historia que cuentan es la historia de las élites. A nosotros no nos **incluyen** ni nos **incluirán**. Nosotros no contamos: somos los esclavos.

****

Rosa decidió no tocar más ese **tema**. Veía como Domingo se ponía triste, se llenaba de rabia, de **dolor**, de **traición**, y a ella no le gustaba ese Domingo. Él tampoco hablaba mucho de su madre. Sólo una vez, cuando Rosa le preguntó **directamente** por ella, Domingo la miró con ojos llenos de dolor, y le dijo: "Rosa, yo la abandoné por irme a luchar una guerra que no era mía. La dejé sola. Nunca pude volver a la finca porque siempre estábamos luchando, una batalla **tras** otra. No éramos hombres libres con días de descanso **a nuestra disposición**. Después de unos años me enteré que se había muerto de una **fiebre** muy alta, y que nadie le había podido ayudar porque el capataz se los había prohibido". Después de esta conversación Domingo estuvo **callado** y triste por varios días. A Rosa no le gustaba el Domingo callado. Ella conocía al Domingo **alegre**, lleno de sueños y de pasión por su trabajo. Ese era el Domingo que ella quería.

—¡Rosa, terminé la marimba! —gritó Domingo emocionado apenas la vio entrar en el taller.

—¡**Tócala**, tócala! —le dijo ella emocionada mientras se sentaba en su silla, al lado del fuego, donde se sentaba todas las noches a mirar a Domingo trabajar en su marimba.

Domingo empezó a tocar su nueva marimba y Rosa entró en un **trance**. Se sentía en otro mundo. Los sonidos que salían de ese instrumento eran dulces y mágicos, pero también tenían poder y fuerza.

—Rosa —le dijo Domingo parando abruptamente de tocar la marimba y mirándola a los ojos.

—¿Sí? —le contestó Rosa un poco **preocupada**. Domingo tenía una **cara seria**. Algo serio le iba a decir.

—¿Quieres **casarte** conmigo? —le preguntó Domingo con una voz llena de esperanza. Él llevaba varias semanas **dándole vueltas** a esta pregunta. Tenía miedo de que Rosa le dijera que no, pero ¿qué podía perder? No se imaginaba su vida sin ella. Si ella decía que sí, lo haría el hombre más feliz del mundo—. No tengo mucho que ofrecerte, pero te **prometo** que trabajaré hasta el último día de mi vida para darte la mejor vida que te pueda dar.

—¡Sí! —le contestó ella sin pensarlo—. Te estabas **demorando** en hacerme la pregunta —le dijo ella con una **sonrisa** en la cara—. Además, yo también puedo trabajar. Los dos podemos trabajar.

—¿Sí? —él no lo podía creer. Ella contestó muy rápido y de pronto no había escuchado muy bien la pregunta.

—¡Que sí Domingo, dije que sí! No me imagino pasar el resto de mi vida sin ti.

****

Domingo y Rosa se casaron el primero de abril. La ceremonia fue muy sencilla. Los únicos invitados eran los tíos de Rosa, Rubén y Antonia, y los otros trabajadores del taller. Domingo, por su condición de cimarrón, se cuidaba de no hacer muchos amigos.

Rubén y Antonia estaban felices de ver a su sobrina tan feliz.

Nuestra narrativa como país está fragmentada e incompleta. Nos han hablado sólo de las raíces españolas como las raíces únicas y deseadas de donde venimos.

Las historias y los relatos Afrodescendientes e Indígenas no hacen parte de la forma como nos reconocemos, así estos sean más influyentes que la misma herencia española, y definan mejor lo que realmente somos como colombianos.

12

El 21 de mayo de 1851, el presidente José Hilario López decretó la ley de la libertad de los esclavos. **A partir** de este momento, **al menos frente** a la ley, todos los hombres y mujeres esclavizados del país pasaban a ser personas libres.

Pero, desafortunadamente, el gobierno sólo estaba preocupado por **indemnizar** (pagarles) a los esclavizadores por las pérdidas que esta ley iba a causarle a sus fortunas y a su producción. **Paradójicamente**, a los Afrocolombianos no se les **indemnizó**, ni se les **reconoció** nada por los miles de **abusos sufridos**, ni por haber sido **privados** de su libertad por más de trescientos años.

Más de treinta años después de Domingo haberse **ganado** su libertad, luchando por la independencia del país, y de haberse escapado para poder alcanzarla, ya era un hombre libre ante la ley. Pero él nunca **se enteró** de esto. En esa **época** no había ni radio ni periódicos que **difundieran** la información de forma eficiente, a la gente del común, a **la gente del pueblo**. Para entonces, Domingo llevaba ya varios años viviendo como un hombre libre. En su **humilde** taller, en un humilde **barrio** de Medellín, él había encontrado hacía varios años su propia libertad.

La cultura y el espíritu Afro moldean en gran parte la identidad colombiana. Sin embargo, lo que se vive como colombiano no hace parte de nuestros libros ni de nuestros relatos.

Adriana Ramírez

Luisa

13

—Luisa —le dijo Domingo a su hija menor—. Ven, ayúdame con esta marimba.

—Ya voy papá —le contestó Luisa mientras entraba corriendo al **taller** de su padre. A ella le encantaba ayudarle con las marimbas que él hacía para vender. Había veces que él prefería estar solo y trabajar solo, por eso, cuando él la llamaba para que le ayudara, era algo muy especial para ella.

—¿Para quién es esta marimba papá? —le dijo Luisa mientras le pasaba unas tablillas.

—Para un grupo de música del Pacífico. Todos son de Antioquia, pero con raíces en el Pacífico.

De sus cinco hijos, Luisa era la que más se parecía a él. Tenía la piel morena oscura y los ojos verdes (que había heredado de Rosa). Luisa le recordaba a su madre, Tulia. Las dos eran mujeres muy correctas y trabajadoras, que siempre estaban dispuestas a ayudarles a los demás. Tenían un corazón de oro y una mente inquisitiva.

—Papá —le dijo Luisa mientras seguían trabajando en la marimba. Ella sabía que este era el mejor momento para hablarle de lo que le tenía que hablar.

—¿Sí, Luisa? —contestó Domingo.

—Juan Rafael, el muchacho que viene a visitarme **de vez en cuando**, quiere hablar contigo —le dijo ella mientras lo miraba de **reojo**. Estaba muy nerviosa porque sabía que esto no le iba a gustar a su papá.

—¿Y **cómo para qué será**? —le dijo Domingo **incómodo**. Él **sospechaba** lo que ese muchacho le quería decir.

—Quiere hacerte una pregunta —Luisa sabía que su papá ya sospechaba la pregunta que Juan quería hacerle.

—No me gusta ese muchacho para nada. Bebe mucho y trabaja poco. No le va a dar una buena vida mija —le dijo él con voz tensa, pues ya se imaginaba la pregunta que le quería hacer **el tal** Juan.

—Papá, exageras. Sí bebe, pero no mucho. Además, estoy segura que cuando nos casemos y tengamos hijos, él **va a dejar** de beber. Los hijos son una responsabilidad muy grande. Y lo quiero papá —le dijo ella mirándolo a los ojos.

—Yo sé mija, y ante eso no puedo hacer nada. Yo sólo le digo lo que pienso y le doy mi opinión. Pero también la apoyaré en lo que usted decida. Si algo **valoro** en la vida es la libertad. Cada persona debe ser libre de tomar sus propias decisiones —dijo Domingo mirándola con mucho amor.

14

Dicen que el amor es **ciego** y no escucha la **razón**. A pesar de que Domingo le había **advertido** a Luisa sobre los malos hábitos de Juan Rafael, finalmente ellos se casaron. Al principio las cosas no iban tan mal, pero **tal y como** se lo había dicho su padre, Juan no era un buen esposo. Lo que se ganaba trabajando se lo **gastaba** bebiendo, así que a la casa nunca llegaba un peso.

Todos los días, Luisa **se las tenía que ingeniar** para conseguir algo de dinero, para poder **alimentar** a sus hijos. Poco a poco, fue vendiendo las pocas cosas que **heredó** de sus padres. Era mejor tener comida que cosas. Cerca de su casa había un almacén de cosas de **segunda**. Ella llevaba sus cosas allí y le daban algo de dinero por ellas. Luego, en el almacén las vendían al público por un precio más alto. Primero vendió un par de mesas. Luego vendió una silla. Más tarde vendió la vajilla que heredó de su mamá. Pero hubo una cosa que le dolió en el alma vender: la marimba de su papá.

Esta marimba le **traía** muchos **recuerdos**. Ella se **acordaba** como su papá los **arrullaba** por la noche, con unas melodías hermosas que tocaba en su marimba. Había una canción que su papá les cantaba, que ella recordaba con especial **nostalgia**. Su papá siempre les decía que su madre lo había **arrullado** con esa canción. La letra era sobre una madre que se iba a trabajar al **campo** para traerle comida y cosas a su hijo. Además, su mamá, Rosa, le había contado cómo ellos dos se habían conocido mientras él hacía la marimba, y cómo le había **propuesto matrimonio justo** delante de esta.

Para Luisa, su prioridad era dar de comer a sus seis hijos. Aura, la hija mayor, que ya tenía ocho años, cuidaba a sus hermanos mientras Luisa trabajaba de **costurera**. Ella hacía **vestidos** y ropa **por encargo**. Pero este trabajo no era **suficiente**, y muchas veces tenía que **recurrir** a vender cosas, sus cosas.

Cada vez Juan se veía menos por la casa. Luisa sabía que no podía contar con él. Ella tenía muy claro que un día él no volvería. Así que eran ella y sus hijos. Luisa era una mujer muy trabajadora. Ella también hacía dulces de caramelo y **panelitas de coco** para que sus hijos, todavía pequeños, los vendieran, de casa en casa, después de la escuela. Con eso, más el trabajo de costurera, lograban ganar algo de dinero. Pero muchas veces no era suficiente, y por eso tuvo que llegar a la muy **dolorosa** decisión de vender la marimba de su padre.

Luisa **extrañaba** mucho a sus padres. Ella sabía que si estuvieran vivos la estarían ayudando. Aunque muchas veces pensaba que era mejor así, que no estuvieran vivos, pues sabía que les dolería mucho, especialmente a Domingo, verla en la situación en la que estaba. Hacía ya varios años que los dos se habían muerto. Dos años después de Luisa haberse casado, murió Rosa. Le dio una fiebre que no le **bajaba** con nada, y en una semana **se la llevó**. Muy poco tiempo después, Domingo **falleció**.

Muchos dicen que no soportó vivir sin Rosa y que **la pena** se lo llevó.

****

Jaime, su segundo hijo, y el que más le recordaba a su padre Domingo —era moreno, con los ojos oscuros y la mirada **noble**—, se puso a trabajar **apenas pudo**. A sus diez años, consiguió un trabajo **encuadernando** libros en la Universidad de Antioquia. Trabajaba todos los días, cuatro o cinco horas, después de salir de la escuela. Los días de Jaime eran unos días largos.

Por la mañana, el desayuno de Jaime era sólo una aguapanela, porque no había nada más. Muchas noches llegaba sin haber comido nada. A veces, de ida a su trabajo, paraba en la fábrica de **quesitos**. Allí le **regalaban** el **líquido** que **sobraba** al hacerlos —un agua amarillosa que tenía un **sabor** a leche **salada**—, y con esto **lograba pasar** el resto del día.

Jaime no conoció a sus abuelos. Cuando él nació, ya Rosa y Domingo habían muerto. Jaime no sabía mucho de su abuelo ni de sus raíces. En la casa de Luisa no se hablaba del pasado. Sólo había **fuerzas** para preocuparse por el día a día, por **sobrevivir**. Lo que Jaime sí sabía era que su abuelo Domingo había sido un hombre honesto, trabajador y correcto, que siempre le ayudaba a los demás. Todo esto lo sabía porque su mamá, Luisa, siempre le decía que él, Jaime, era como su abuelo. —¿Y cómo era mi abuelo? —le preguntaba Jaime a Luisa. —Como usted mijo, como usted. Honesto, trabajador, correcto y siempre ayudándole a los demás —le contestaba ella.

Jaime

15

—Mamá, quiero ser **arquitecto** —le dijo Jaime a Luisa mientras le ayudaba en la cocina **moliendo** el **maíz**. Jaime había estado buscando el momento perfecto para hablarle a su mamá de esto. Le daba miedo que ella no lo entendiera o no lo apoyara, no por **falta** de amor sino por falta de dinero.

—Pero mijo, estudiar cuesta mucho dinero y **a duras penas** tenemos para comer. No hay suficiente dinero para pagar la **matrícula**. Además, para estudiar tiene que parar de trabajar, y sin su trabajo no sobrevivimos en esta casa —le dijo Luisa mientras **cocinaba** las **arepas**.

—No mamá, ya tengo todo **arreglado**. La Universidad de México (UNAM) tiene un **convenio** con la Universidad de Antioquia. Ellos están ofreciendo el programa de **arquitectura** a **distancia**. Ellos me **mandan** los **módulos** y yo **presento** los exámenes y los **trabajos** aquí, en la Universidad de Antioquia. No cuesta mucho porque es a distancia, y como soy **empleado** de la Universidad, ellos me ayudan con la matrícula. Lo puedo hacer mamá —le explicó Jaime muy **emocionado**—. Trabajo en el día y estudio en la noche. Y no se preocupe que yo nunca la voy a **abandonar**, ni a usted ni a mis hermanos.

—Yo sé mijo, usted no nos va a abandonar. Veo que ya tiene todo muy planeado. Yo lo apoyo —le dijo Luisa mirándolo con mucho amor. La **nobleza** y el espíritu trabajador de Jaime eran únicos. Ninguno de sus otros hijos lo tenía.

Durante sus cinco años de estudios universitarios, Jaime no paró de trabajar, ni de ayudarle a su mamá y a sus hermanos. Para él, ayudarle a los demás era parte de su vida. Muy pronto después de graduarse, Jaime comenzó a trabajar para una empresa de arquitectos de la ciudad de Medellín. Finalmente, uno de sus sueños más grandes, el de ser arquitecto, se había cumplido. Jaime estaba feliz.

16

Jaime era un hombre de río. El río y la música era lo que lo conectaban con la naturaleza, con el cosmos y con lo que él era como persona. Ahí, en esos dos elementos estaban sus raíces. Él no sabía por qué sentía esta conexión tan fuerte. Cuando era pequeño no podía ir mucho al río porque siempre estaba trabajando, estudiando o ayudándole a su mamá. Pero ahora, siempre que podía, Jaime se iba de **pesca** al río Cauca. Unas veces iba solo, otras veces iba con amigos. En esa época siempre iba en tren pues no tenía carro.

Una vez, cuando Jaime iba en un tren de **regreso** a Medellín, vio a una mujer sentada sola, en una silla del tren, mirando por la ventana. Ella tenía una mirada triste y **perdida**. Era de piel muy blanca, tan blanca que parecía un fantasma.

—Disculpe, señorita, ¿está ocupado? —le preguntó Jaime **señalándole** el **asiento** de al lado.

—No, señor. Está libre. Puede sentarse —le dijo ella mirándolo a los ojos.

—Mucho gusto, me llamo Jaime —le dijo él extendiéndole la mano.

—Emilia.

—¿Hacia dónde va? —le preguntó él, aunque la respuesta parecía obvia pues el destino final del tren era la ciudad de Medellín, pero también hacía **paradas** en otros pueblos.

—A Medellín —contestó ella.

—¿Vive allá o va de vacaciones? —continuó Jaime **tratando** de seguir con la conversación.

—Voy a la casa de mi abuela —le dijo ella.

—¿De vacaciones?

—No, vivo con ella —le contestó con un tono **amable** pero **seco** al mismo tiempo. No estaba acostumbrada a hablar con gente que no conocía y menos con un hombre. **No era bien visto** que una mujer sola hablara con un hombre desconocido.

—¿Y sus padres, también viven en Medellín? —siguió Jaime preguntando. Esperaba no haberse pasado con esta pregunta.

—Soy huérfana —le contestó ella mirando por la ventana.

—Lo siento. No era mi intención **perturbarla** —le dijo Jaime **angustiado**. Claramente se había pasado con esa pregunta.

—No me perturba. Está bien. Ellos se murieron cuando yo estaba muy pequeña. No me acuerdo de ellos. Mi abuela es la única madre que conozco —le contestó ella volviéndolo a mirar a los ojos.

Algunos dicen que el amor no se busca, que llega cuando las personas menos lo esperan. Y para Jaime y Emilia, el amor llegó a sus vidas en un tren, **camino** a Medellín.

Adriana Ramírez

****

—Papá —le dijo Hernán, su hijo menor— ¿Qué estás haciendo?

—Una marimba mijo —le contestó Jaime—. ¿Quiere ayudarme?

—¡Claro papá! —le contestó Hernán emocionado. Él no sabía lo que era una marimba, pero **mientras pudiera** pasar tiempo con su papá él **hacía lo que fuera**, lo que fuera—. Papá, ¿y para qué es una marimba?

—Para tocar música —le contestó Jaime mientras organizaba las tablillas de madera que iban a usar.

—¿Y quién inventó este instrumento? —le preguntó Hernán curioso.

—Viene del Pacífico colombiano. Le dicen el piano de la selva, y es un instrumento tradicional de las comunidades afrocolombianas de esa región —le explicó Jaime a su hijo.

—¿Y por qué estás haciendo una marimba, papá?

—No sé mijo. Sentí que necesitábamos una marimba en la casa.

—¿Y quién te enseñó a hacer marimbas? —Hernán sabía que su papá sabía trabajar la madera muy bien. Tenía un taller en el último piso de la casa con **máquinas** y cosas especiales para trabajar la madera.

—Nadie —le contestó Jaime.

—¿Nadie? —alguien le tuvo que haber enseñado, pensó Hernán.

—No mijo, nadie. **Eso se lleva en la sangre** —le dijo **sonriéndole**.

—Ah, bueno —Hernán no había entendido lo que su papá le había querido decir, pero estaba bien. Lo importante era pasar tiempo con su viejo.

****

Los hijos de Jaime y Emilia eran todos músicos. En la casa, además de la marimba, había guitarras y diferentes tipos de tambores. Verlos a todos tocar sus instrumentos y cantar juntos, era un **placer** especial. Estos eran los momentos favoritos de Jaime, especialmente cuando Hernán tocaba la guitarra y cantaba. Ese muchacho no tenía sangre en las **venas** sino música.

Para la familia de Jaime, la música era cómo ellos **construían relaciones** y cómo se conectaban como familia. La música les daba una conexión especial. La música los **definía** y los **unía**.

****

—¡Muchachos! —llamó Jaime a sus hijos—. Aquí está la plata del mes. Vengan por ella.

Al principio de cada mes, Jaime organizaba encima de su **cajonera**, la plata que le daba a cada uno de sus hijos. Allí, cada uno encontraba su montañita de **monedas**. Estas las usaban para pagar los **pasajes** de bus, comprar comida en la escuela o la universidad, comprar **gaseosa** en la tienda que había al lado de la iglesia, o cualquier otro gasto pequeño que tuvieran. Pero, además de las montañitas pequeñas, siempre había cuatro o cinco montañitas adicionales de monedas. Estas eran más grandes y también tenían **billetes**.

—Papá, ¿para quién es ese dinero? —le preguntó un día Hernán a su papá con mucha curiosidad.

—Para la prima Ana, el tío Armando, para la abuela Luisa y la tía Aura —le contestó Jaime mientras guardaba cada montañita de dinero en un **sobre** diferente.

—¿Y por qué? ¿Por qué les das dinero a ellos? Ellos no son tus hijos —le dijo Hernán.

—Porque lo necesitan. Porque el esposo de la prima Ana los dejó, y ella tiene siete hijos que alimentar y educar. Porque el tío Armando está **enfermo** y así no puede trabajar, y tiene una familia que alimentar y educar. Porque la abuela Luisa vive sola, está muy viejita y ha trabajado toda su vida. Ya es **justo** que descanse y no se preocupe por dinero. Porque la tía Aura está un poco **inestable** desde que su esposo se murió y nos necesita.

—Pero papá, nosotros no somos ricos. ¿Por qué tienes que ser tú el que les ayuda cada mes? —a Hernán **le costaba** entender esa forma de ser de su papá. En vez de darles más dinero a ellos, sus hijos, prefería ayudar a otros.

—¿Y por qué no? ¿Por qué hay que esperar a ser rico para ayudar? Ellos nos necesitan y nosotros podemos ayudarles, entonces lo hacemos —le respondió Jaime.

17

—¡Vamos a tocar la marimba del abuelo! —dijo uno de los **nietos** de Jaime.

—¡Vamos! —contestó otro.

—**Yo me pido** tocar de primero.

—No, yo dije primero.

—Todos pueden tocarla mijos —les contestó Jaime mirándolos con amor.

—¡Vamos a jugar en el carro del abuelo! —dijo uno de los nietos de Jaime.

—¡Vamos! —contestó otro.

—Yo me pido manejar.

—No, yo dije primero.

—Todos pueden manejar mijos —les contestó Jaime mirándolos con cariño.

—¡Vamos a acompañar al abuelo al taller! —dijo uno de los nietos de Jaime.

—¡Vamos! —contestó otro.

—Yo me pido ayudarle.

—No, yo dije primero.

—Todos me pueden ayudar mijos —les contestó Jaime mirándolos con paciencia.

—¡Vamos a dibujar en la mesa del abuelo! —dijo uno de los nietos de Jaime.

—¡Vamos! —contestó otro.

—Yo me pido primero.

—No, yo dije primero.

—Todos pueden dibujar mijos —les contestó Jaime mirándolos con atención.

Cada **rincón** de la casa de Jaime y Emilia era un lugar de juegos y aventuras para sus nietos. Lo que él más disfrutaba era verlos tocando todos los instrumentos que tenía: los tambores, la marimba, la guitarra. Sentía algo especial cuando los veía a todos conectados por la música.

18

—Abuela —le dijo la **nieta** mayor a Emilia mientras la acompañaba a moler maíz para hacer las arepas.

—¿Sí mija?

—¿Por qué hay una marimba en la casa?

—No entiendo, mija. ¿Qué quiere decir? —le dijo su abuela mirándola confundida.

—Es que no es común que la gente tenga marimbas en la casa. Las guitarras son comunes, los pianos son comunes. Pero mucha gente no sabe **ni siquiera** qué es una marimba.

—¿Y usted cómo sabe? —le dijo Emilia mientras seguía **moliendo** maíz. Hoy venían todos a comer y había que tener mucha **masa** lista para poder hacer suficientes **arepas**.

—Porque le he estado preguntando a mis amigos, y muchos de ellos no saben qué es una marimba —le dijo su nieta mientras le pasaba más maíz **cocinado**.

—La marimba la hizo su abuelo Jaime hace muchos años, cuando los muchachos estaban jóvenes.

—¿Y por qué hizo una marimba? ¿De dónde sacó la idea?

—No sé mija. No sé. Yo creo que ni él sabe. Un día la empezó a hacer y después de unas semanas ya teníamos una marimba en la casa —le contestó su abuela mientras se limpiaba sus manos en el **delantal**—. Ya acabamos, ¿verdad?

—Sí abuela. Ya no hay más maíz cocinado —le contestó mientras le mostraba las **ollas vacías**—. ¿Vamos a empezar a hacer las arepas?

—No mija. Yo **muelo** el maíz y sus tíos son los **encargados** de hacer las arepas. Hoy **les toca** a Hernán y a Ramiro.

La raíz africana se ha mantenido intacta, a pesar de que a través de la historia se ha tratado de invisibilizarla.

19

—Abuelo, ¿cuáles han sido los momentos de tu vida en los que has sido más feliz?

—Cuando me iba de pesca al río. Usualmente **me quedaba** varios días. Dormía al lado del río, en una **hamaca**, escuchando el agua, el viento, los animales y los sonidos de la naturaleza —le contestó con la mirada perdida como si estuviera volviendo a vivir, en ese mismo momento, lo que le estaba describiendo.

—Abuelo, ¿cuáles son tus últimos deseos? ¿Qué te gustaría que hiciéramos cuando te mueras?

—Mija, primero que me **cremen**. No quiero que me lleven ni a una iglesia ni que me **entierren**. Quiero que me cremen.

—¿Y qué quieres que hagamos con las **cenizas**?

—Las cenizas las tiran al río Cauca. En el río están mis raíces. Soy una persona de río. Del río vengo y por el río me voy —le contestó Jaime con una sonrisa en la cara.

—¿Y qué más?

—Con la **venta** de la casa, le compran una casa a la persona que me **cuidó** los últimos años. Ella no tiene nada, y cuando me muera, se va a quedar sin trabajo. Usted sabe que no es fácil conseguir trabajo aquí. Ella tiene cuatro hijos que alimentar y educar, y no tiene casa. Así que le compran una casa a ella primero. Además, todo lo de la casa se lo dan a ella: la **nevera**, la **lavadora**, todo. Ninguno de ustedes necesita nada. Las cosas se le dan al que más las necesita.

—¿Y la marimba?

—La marimba es para su primo Andrés. Ese muchacho no tiene sangre en las venas sino música.

—Pero ellos viven muy lejos. Viven en el Pacífico.

—Por eso mismo.

—Cuenta con eso abuelo.

Adriana Ramírez

20

Jaime se murió en el hospital de una neumonía. Tenía casi 102 años. Pasó los últimos días con oxígeno porque sus pulmones **no le daban más**. Estuvo siempre tranquilo y se fue en paz.

****

—¿Cuántos **barquitos** de papel hacemos? —preguntó uno de los nietos de Jaime.

—Cada uno tiene que tener su propio barquito, así cada uno pone un poco de las cenizas del abuelo en el río —contestó otro.

—¿A qué horas salimos mañana?

—Salgamos temprano. De aquí al río Cauca hay dos horas, pero si llegamos muy tarde hay más tráfico y además hace mucho calor.

—¿A las 8 de la mañana está bien?

—Me parece bien.

—¿Quién me **recoge**?

—Yo te recojo.

—¿Quién tiene las cenizas?

—Las tengo yo —contestó el tío Hernán señalando la bolsa donde estaban las cenizas de su papá.

—**Que no se te vayan a quedar** tío.

—¡**Cómo se te ocurre**! Es lo primero que **empaco**.

—Contemos **cuentos** del abuelo, ¿quién empieza?

—Empiezo yo: ¿Se acuerdan cuando jugábamos en su carro y nos íbamos en viajes imaginarios por horas?

—Nunca nos dejaban "manejar" a nosotros —dijo riéndose uno de los primos menores.

—Los pequeños no podían "manejar", eso era para nosotros, los primos mayores, los responsables —contestó la prima mayor mientras todos se reían, pues la manejada también era imaginaria. Los que manejaban iban adelante, y los pequeños iban atrás.

—¿Quién se acuerda de la marimba? —preguntó otro.

—¡Yo! Me encantaba tocarla. Era mágica.

—¡Qué bien que Andrés, el más musical de la familia, **se quedó con ella**!

—Y la toca muy bien. Ya le está enseñando a su hijo a tocarla —añadió uno de sus hermanos.

—¿Y por qué no vino a esta reunión?

—Por el trabajo. No pudo sacar tiempo libre para venir.

—Se acuerdan cuando el abuelo......

Y así pasamos la noche los primos, reunidos casi todos por primera vez desde hacía mucho tiempo. Hicimos barquitos de papel y contamos historias del abuelo. Estos barquitos eran para poner sus cenizas en el río Cauca, y así cumplir su último **deseo**.

—Adiós abuelo, **disfruta** el **viaje** —dijo uno de sus nietos mientras ponía el barquito de papel en el río, y este se lo iba **llevando tranquilamente**.

—Chao abuelo. **Cuídate** y **cuídanos** —dijo otro poniendo su barquito en el agua.

—Feliz viaje abuelo.

—Aquí estamos cumpliendo tu deseo abuelo. Del río vienes y por el río te vas.

—Ya puedes descansar porque ya estás en el río.

—Gracias papá, nos vemos —dijo Ramiro mientras ponía su barquito en el río.

—Adiós papá —le dijo Hernán con lágrimas en los ojos.

Uno a uno, hijos y nietos, fuimos poniendo, en el agua del río Cauca, los barquitos de papel con las cenizas de Jaime. La escena fue **inolvidable**. Los barquitos iban **lentos** y **tranquilos**, **disfrutando** el viaje. Todos **supimos** con **certeza**, que el abuelo estaba feliz mirándonos, desde donde fuera que estuviera. Todos sentimos que ahora el abuelo podía descansar en **paz**, porque su último deseo se **había cumplido**. Todos entendimos que el abuelo no había muerto, porque cada uno de nosotros tenía un **pedacito** de él en nuestros corazones. Todos sabíamos que unas raíces tan fuertes nunca mueren y que ahora esas raíces, más que nunca, eran nuestras.

¿De dónde viene la marimba?

Se dice que, hace mucho tiempo en África, se hacían **huecos** en la tierra, sobre los cuales se ponían unas tablillas de maderas. Al **golpear** estas tablillas se producía un **sonido** dulce y **cálido**. Más tarde, fueron **puestas** unas **calabazas huecas** debajo de las tablillas de madera. Estas calabazas servían como **recámaras**, haciendo que el sonido que se producía al golpear la madera fuera mejor.

El conocimiento de cómo hacer el instrumento ancestro de la marimba que hoy conocemos, cruzó el océano con los africanos que llegaron esclavizados a Centro y Sur América.

En Colombia, las calabazas fueron reemplazadas por **tubos** de guadua (de la familia del bambú). La guadua es una de las plantas nativas más representativas de los bosques andinos.

Para las tablillas, se comenzó a usar la madera de la palma de chonta. La palma de chonta se encuentra principalmente en la zona del Pacífico colombiano.

¿Quiénes eran los cimarrones?

Los cimarrones eran hombres y/o mujeres esclavizados, que se **escapaban** de sus **amos**. El escaparse los ponía al margen de la ley, y eran **perseguidos** por esto. **En caso de** ser encontrados, eran **fuertemente castigados**. Los **fundadores** de todos los **Palenques** (asentamientos, poblaciones) fueron hombres y mujeres cimarrones. Los cimarrones eran la resistencia contra la esclavitud.

¿Quiénes eran los criollos?

Los criollos eran los descendientes de los conquistadores, nacidos en América y de raza blanca. Ellos eran los **dueños** de las tierras y dominaban las actividades productivas de la región. Eran lo equivalente a la aristocracia española en los territorios del continente americano. Aunque ellos tenían **cargos** públicos importantes, siempre dependían de los 'peninsulares', es decir, de aquellos que habían nacido en la península de España.

Cuando la corona española decidió cambiar su forma de gobierno en las colonias, los criollos **perdieron** sus cargos de **poder**. Esta fue una de las principales causas de las revoluciones en las colonias: decididos a **recuperar** su estatus y su poder, los criollos comenzaron el proceso de independencia de la corona española.

¿Qué es la raza?

La idea que tenemos de lo que es *raza* es una construcción social. Su función es categorizar grupos humanos según sus características observables, normalmente arbitrarias. Pero esta categorización no tiene ningún valor científico, porque a nivel genético lo que **separa** a una raza de otra no está claramente definido.

Sin embargo, esta categorización sí ha sido usada **ampliamente** a nivel político y social, determinando el trato que se le da a los individuos según la raza a la cual **pertenecen**.

La clasificación de los seres humanos en razas **ha permitido** a los grupos dominantes **establecer políticas discriminatorias** y de segregación, que **legitiman** y **perpetúan** su poder.

Hay varios eventos históricos que **influyeron** en el desarrollo de este constructo social. Algunos de estos eventos fueron:

- La expansión marítima y comercial de Europa a partir del siglo XV.
- El colonialismo y el eurocentrismo.
- La esclavización de hombres y mujeres del continente africano por parte de las potencias europeas.

Desarrollar y **mantener** estas diferencias sociales **según** la **apariencia externa**, **beneficiaba** —y aún beneficia— a un grupo dominante, mientras mantenía —y aún mantiene— a otro **oprimido**.

¿Cuál es el sistema de castas creado por los españoles?

El sistema de **castas** fue un intento de clasificación racial en el continente americano, por parte de los españoles colonizadores. Estos, obviamente, **ocupaban** la **posición** de mayor **jerarquía**, seguidos por los Indígenas, y luego por los negros esclavizados. Las uniones de unos con otros, legítimas o no, comenzaron a producir diferentes **mezclas** que los españoles intentaron clasificar alrededor de 20 grupos diferentes.

Algunos de estos grupos son:

Criollo: descendiente de europeos asentados en América

Mestizo: europeo + Indígena

Mulato: europeo + negro

Castizo: mestizo + europeo

Zambo: negro + indígena

Prieto: negro + zambo

Nota de la autora

Vengo de una familia en la que hay muchos **tonos** de piel: morenos oscuros, morenos claros, trigueños, y blancos. Yo tengo la piel blanca, y **reconozco** que, en Colombia, un país que dice no ser racista, hay privilegios cuando se tiene la piel clara.

Así a muchos les duela y **les cueste aceptarlo**, como nación y como cultura somos racistas. Heredamos el racismo del sistema de castas que **nos dejaron** los españoles. Un sistema que siempre privilegiaba a aquel que tenía la piel más blanca y la sangre menos "mezclada".

Hay muchas expresiones y frases racistas que hacen parte del día a día de los colombianos. **<u>Estas frases no se deben decir</u>**. Por ejemplo:

'Hay que mejorar la raza' —casarse con una persona de Europa, Estados Unidos o Canadá (asumiendo que son blancos y de ojos azules) es mejor que casarse con un colombiano, una persona Indígena o un Afrodescendiente. Como si una persona de raza blanca fuera mejor por el solo hecho de ser blanca.

'Trabaja como un negro' —que trabaja mucho. Hace alusión al trabajo que hacían las personas esclavizadas, las cuales tenían que trabajar de sol a sol. Como si el trabajo fuerte fuera exclusivo de una raza.

'Esos son unos indios' —se usa para referirse a personas ignorantes y sin educación (según los estándares europeos). Como si ser Indígena fuera sinónimo de bajo nivel intelectual.

'Negro tenía que ser' —se asume que las personas de piel oscura van a hacer algo malo sólo por su color de piel. A las personas de piel blanca siempre se les da el beneficio de la duda. Como si el color de nuestra piel definiera nuestro carácter y comportamiento.

'Para ser negra es muy bonita' —se asume de entrada que las mujeres negras no son bonitas, pues no se acercan a los cánones de belleza europeo. Como si sólo hubiera una forma de belleza.

'Para ser negro es muy inteligente' —se asume de entrada que las personas negras tienen una inteligencia inferior a las de piel blanca. Como si el color de nuestra piel definiera nuestro intelecto.

'La vi negra' —se usa para describir situaciones de peligro, en donde una persona está en aprietos o en grandes dificultades. Como si el color negro significara cosas malas y su opuesto, el blanco, cosas buenas.

'Ahí hubo mano negra' —quiere decir que alguien hizo algo malo, robó, mintió o chantajeó. ¿Por qué nunca decimos "ahí hubo mano blanca"?

'Eres la oveja negra de la familia' —Es el diferente, el que tiene vicios malos, el hijo no ideal, el que rompe las reglas. Una vez más, se asocia lo negativo con el color negro.

'Me negrearon' —me dejaron por fuera, no me tuvieron en cuenta, me discriminaron, se olvidaron de mí. ¿Por qué nunca decimos "me blanquearon" para referirnos a las mismas situaciones?

Estas y muchas otras frases similares, no deberían existir. Además de **reforzar** estereotipos, relacionan el tono de piel de una persona —ser negro— con características que no son buenas. Si estas mismas características las tiene una persona de piel blanca (que es obvio que las tienen pues son inherentes al ser humano), no están nunca relacionadas a su color de piel ni causadas por este.

Estas frases no se deben decir. Es tu **deber** parar este ciclo.

Epílogo

Cortar con el racismo es una responsabilidad que todos debemos asumir. Es un trabajo que se hace día a día, con cada frase que decimos y con cada actitud que tenemos.

El racismo y la discriminación no van a desaparecer mágicamente si no hacemos, activamente, algo al respecto.

Si eres colombiano y estás leyendo este libro, te invito a reflexionar sobre las frases que decimos y las actitudes que tenemos hacia los Afrocolombianos y los Indígenas de nuestro país.

Si no eres colombiano y estás leyendo este libro, te invito a reflexionar sobre las maneras en que tu idioma y tu cultura perpetúan el racismo.

Adriana Ramírez

Referencias

Autor desconocido. "Así fue la independencia de Colombia." Colombia-Co. Acceso en línea: https://www.colombia.co/pais-colombia/historia/asi-fue-la-independencia-de-colombia/

Rueda Santos, Rigoberto. "La rebelión de los comuneros." Biblioteca Nacional de Colombia, 2021. Acceso en línea: https://bibliotecanacional.gov.co/es-co/colecciones/biblioteca-digital/exposiciones/Exposicion?Exposicion=La%20rebeli%C3%B3n%20de%20los%20Comuneros

Chávez Bustos, J. Mauricio. "Esclavos y negros en la independencia". Acceso en línea: https://www.banrepcultural.org/biblioteca-virtual/credencial-historia/numero-247/esclavos-y-negros-en-la-independencia

Texto basado en la columna de Daniel Mera Villamizar, director de la Fundación Color de Colombia. "Bicentenario sin mentira histórica. Había negros libres en el ejército libertador. Acceso en línea: https://blogs.elespectador.com/actualidad/republica-de-colores/bicentenario-sin-mentira-historica-habia-negros-libres-ejercito-libertador

Cortés, Miguel Ángel. "La marimba de chonta. El piano de la selva y el sentir del pacífico". Acceso en línea: www.radionacional.co/noticia/la-marimba-de-chonta-piano-de-la-selva-sentir-del-pacifico

Ferro, Gabo. "La perfecta canción de cuna". Acceso en línea: https://www.pagina12.com.ar/diario/suplementos/radar/17-6852-2011-02-20.html

Arrieta, Ever. "Raza y etnia". Acceso en línea: https://www.diferenciador.com/raza-y-etnia/

Autor desconocido. "Castas de la Nueva España". Acceso en línea: https://www.diferenciador.com/castas-de-la-nueva-espana/

Aguirre Santos, Eloy. "Quienes eran los criollos y mestizos". Acceso en línea: https://www.unprofesor.com/ciencias-sociales/quienes-eran-los-criollos-y-los-mestizos-2716.html

Brooks, Darío. "Criollos, mestizos, mulatos o saltapatrás: cómo surgió la división de castas durante el dominio español en América". Acceso en línea: https://www.bbc.com/mundo/noticias-america-latina-41590774

Series de El Espectador. "La eterna resistencia de la comunidad afro en Colombia - Historiadoras." Acceso en línea: https://www.youtube.com/watch?v=zkot24tZk8&list=PLAuLoO82fKGbenQXkO8H9Foo7XJyTSMyO&index=2&t=45s

Canal Señal Colombia. "La historia no contada de la comunidad afro en Colombia". Acceso en línea: https://www.youtube.com/watch?v=0YTS3c1Z3sE&list=PLAuLoO82fKGbenQXkO8H9Foo7XJyTSMyO&index=4&t=2s

Uribe, Diana. "La Afrocolombianidad". Acceso en Podcast DianaUribe.FM

Grosfoguel, Ramón. "The structure of knowledge in westernized universities: Epistemic racism/sexism and the four genocides/epistemicides." *Human Architecture: Journal of the sociology of self-knowledge* 1 (2013): 73-90.

Galeano, Eduardo. "Las venas abiertas de América Latina". Primera publicación 1971

Sobre el vocabulario

A medida que el nivel de español se va volviendo más complicado, también se vuelve más difícil traducir literalmente las palabras. Muchas palabras no se pueden traducir solas, sino en compañía de otras palabras que las rodean, pues juntas forman expresiones y dichos comunes del español hablado en el día a día.

Por esta razón, el vocabulario del libro está organizado de manera alfabética, y no por capítulos, y las palabras y expresiones nuevas, que están incluidas en el vocabulario, están resaltadas en negrilla.

Muchas de las "palabras" del vocabulario, no son palabras en sí sino expresiones, y así están traducidas. En la mayoría de los casos no se usan traducciones literales, sino la expresión que sería equivalente en el inglés. También hay palabras que tienen varios significados, dependiendo como se usen, por lo tanto, y para efectos de facilitar la comprensión, la traducción que se encuentra en el vocabulario, es la que ayuda a entender el mensaje del libro, sabiendo que hay otras posibilidades que no fueron incluidas.

A

a duras penas: barely

a nuestra disposición: at our disposal

a partir: from / starting

a punto de lograrlo: almost happening

abandonar: abandon / give up

abandono estatal: state/government abandonment

abolir: abolish

abusadas: abused

abusos: abuses

acaso: perhaps

aclamado: acclaimed

acompaño: I go with her

acordaba: remembered

advertido: warned

afianzaría: would secure

agradecerle: thank you

agradecida: grateful

agradezco: I am grateful

aguapanela: hot cane sugar beverage

ahí mismo: right there

ahorrar: to save

al menos frente: at least in front

al respecto: about it

alegre: happy

alejaba: would take them away

alimentar: feed

alivio: relieve

alquilar: rent

alquiler: rent

amable: nice

amarga: bitter

ambiente: atmosphere / environment

ambos: both

amos: masters / owners

ampliamente: broadly

angustiado: distressed

ante: before

antepasados: ancestors
anuncio: announcement
apariencia externa: external appearance
apenas pudo: as soon as he could
apenas: barely
aprobadas: approved
aproximaba: was getting closer
aquellas: those
aquellos: those
arepas: flat corn bread
arquitecto: architected
arquitectura: architecture
arreglado: fixed / arranged
arriesgando: risking
arriesgue: jeopardize
arrullaba: lulled
arrullado: cooed
así a muchos les duela: even if this bothers / hurts a lot of people
así estos sean: even if they are
asiento: seat
asombro: astonishment
asustar: scare
atar cabos: put things together
atrevía(n): dare
azotado: whipped

B

bajaba: go down
barquitos: little boats
barranco: ravine
barrio: neighborhood
basura: garbage
batallas: battles
batallón: battalion
bendecidas: blessed
beneficiaba: benefited
billetes: bills
bloqueaba: blocked
borrados: erased

C

cajonera: wardrobe

calabazas: squash

calentarlos: warm them up

cálido: warm

callado: quiet

camino: in the way to

caminos: paths

campaña: campaign

campo de batalla: battlefield

campo: countryside

caña: cane

capataz: foreman

cara seria: straight face

cargos: positions

carpinteros: carpenters

casarte: marry

castas: casts

castigados: punished

castigan: punish

castigarlos: punish them

castiguen: punish

causa: cause

cayera: will fall

cayó de rodillas: fell on his knees

cenizas: ashes

cerquita: close

certeza: certainty

chécheres: junk

ciego: blind

cimarrones: escaped slaves

clandestinidad: hiding / underground

clasista: classist

cocinaba: cooked

codiciadas: coveted

codornices: quail

colectiva: collective

cómo para qué será: what is it about

cómo se te ocurre: what are you thinking!

compañeros: partners

compartían: shared

comuneros: commoners

confiar plenamente: fully trust

confíe: trust

conformado: shaped / conformed

confundirá: will get confused

congresistas: congressmen

construían: built

construido: built

construimos: we built

consumía: consumed

continuó: kept / continue

contratar: hire

convenio: agreement

corona: crown

corto: short

costeras: coastal

costurera: seamstress

cremen: cremate

creyeran: believed

cualquiera: any

cubramos: cover

cuentos: stories

cuerpos: bodies

cuidado: with care / be careful

cuídanos: take care of us / protect us

cuídate: take care

cuidó: took care

cumplí: I did / fulfill

cumplir: fulfill

D

dándole vueltas: thinking about it

de par en par: wide (open)

de qué sirve: what is the point

de vez en cuando: once in a while

debe: must

deber: duty

debería: should

debía: should

decente: descent

decreta: decrees

dedicaron: dedicated

definan: define
definía: defined
delantal: apron
demoníaca: devilish
demorando: taking time
derecho: right
desarrollar: develop
desarrollo: development
descendientes: descendants
descontroladamente: wildly
deseadas: desired
deseo: wish
desplazamiento: displacement of people
desprecio: contempt
destrozando: destroying
destruía: destroyed
destruir: destroy
destruyó: destroyed
desventajas: disadvantages
devolver: give back
diabólica: devilish
diera: would give
difundieran: spread
digerir: digest
directamente: straight forward
discriminatorias: discriminatory
disfrazadas: disguised
disfruta: enjoy
disfrutando: enjoying
distancia: long distance
distraía: distracted
dolor: pain
dolorosa: painful
dueño: owner
dueños: owners
duro: hard

E

echan raíces: put down roots

echar: put inside
ejército libertador: the freedom army
el estado: the government
el tal: that guy
élites criollas: local elites
embrujaban: bewitched
emocionado: excited
empacaba: was packing
empaco: I pack
empleado: employee
en caso de: in case of
encargados: in charge
encuadernando: binding
enfermo: sick
enfrentarlos: face them
ensamblando: putting together
entierren: burry
entrega: delivery
entregar: deliver
entusiasmo: enthusiasm
época: time period
escapaban: escaped
escaparnos: scape
escaparse: scape
escasas: scares
esclavitud: slavery
esclavizadores: enslavers
esclavizados: enslaved
esclavos: slaves
esfuerzo: effort
eso se lleva en la sangre: that is in the blood
espaciosa: roomy
esperaba: was not expecting them
esquema(s): scheme(s)
está a cargo: is in charge
establecer: stablish
estoy de acuerdo: I agree
estufa: stove

evitar: avoid

explotaban: exploited

extendiéndole: extending

extrañaba: missed

extranjeros: foreigners

F

fácilmente: easily

falleció: died

falta: lack

festejar: party

fiebre: fever

fila: line

florero: flower vase

fogata: bonfire

forma: way

forzada: forced

fragmentada: fragmented

fuego: fire

fuente: source

fuera: get out

fuerte: strong

fuertemente: strongly

fuerza(s): strength(s)

fumar: smoke

fundadores: founders

G

gallos: roosters

ganado: earned

ganando más terreno: gaining more ground

ganaron: won

gaseosa: sodas

gastaba: spent

gastos: expenses

golpear: hit

golpes: hits

gratis: free

grito: scream

guerras: wars

H

ha permitido: has allowed

había cumplido: had fulfilled

hacía lo que fuera: he would do anything

hacienda: big farm

hamaca: hammock
heredado: inherited
heredaron: inherited
heredé: inherited
heredó: inherited
herencia: inheritance
hipócrita: hypocrite
horrorizados: horrified
hubiera dormido: would have slept
hubiera habido: would have been
huecas: hollow
huecos: holes
huérfana: orphan
humilde: humble

I

iglesia: church
iguales: same
imponente: grand
impotente: powerless
incluirán: will include
incluyen: include
incómodo: uncomfortable
incomplete: incomplete
indemnizar: compensate
indemnizó: compensated
industria: industry
inercia: inertia
inestable: unstable
infierno: hell
influyentes: influential
influyeron: influenced
inolvidable: unforgettable
inspiraba confianza: inspired trust
intemperie: outside / outdoors
introyectado: introjected
inútiles: useless
inversion: investment

J

jerarquía: hierarchy
juntos: together

justa: fair

justo: fair / just

L

la gente del pueblo: townspeople

la pena: grief

labores: labors

lágrimas: tears

lanzaba: threw

las unió: united them

latigazos: lashes

latigo: whip

lavadora: washing machine

le costaba: it was hard

le daba la mano: shook hands

le sobraba: had more than enough

legitiman: legitimize

leña: firewood

lentos: slow

les cueste aceptarlo: it is hard for them to accept it

les toca: it is their turn

ley: law

liberarse: free themselves / to get free

libertador: liberator

libre: free

liderazgo: leadership

líquido: liquid

listas: ready

llaves: keys

llenaba: filled

lleno: full

llevando: carrying / taking

lo iba a meter: was going to get him

lo más seguro: I bet (not literal)

lograba pasar: got through

lucha: fight

luchaba: used to fight

luchando: fighting

luchar: to fight

luchen: fight

lujo: luxury

luto: grief

M

madera: wood

maíz: corn

malditos: cursed

mandan: they send

manera: way

mano de obra: labour

mantener: keep / maintain

mantiene: keeps, maintains

manutención: support

máquinas: tools

marimba: marimba

masa: dough

matricula: enrollment fee

matrimonio: marriage

me quedaba: I stayed

mejillas: cheeks

mercancía: merchandise

mezclas: mixes

mientras pudiera: as long as he could

mirada limpia: clear-eyed

módulos: modules

moldean: shape

molestaría: would bother

moliendo: milling / grinding

monedas: coins

monte: mountain

moriremos: we will die

mostrándole: showing to him/her

motivara: motivate

muebles: furniture

muelo: I grind / mill

mulas: mules

murmurar: murmur

N

naciente: rising

nacimiento: birth

negocio: business

nevera: fridge

ni siquiera: not even

nieta: grand daughter

nietos: grand children

nivel: level

no debí haberle preguntado: i should not have asked you

no era bien visto: it was not well seen

no le daban más: could not take it any more

no lo aguantó: he couldn't handle it more

no lo hubieran logrado: they would have not made it

noble: noble

nobleza: nobility

nos dejaron: they left us

nos metemos: we get

nostalgia: longing

nublados: cloudy

O

ocupaban: occupied

oficios: chores

ofrezco: I offer

oído: ear / hearing

ojo de águila: someone that has good vision, that sees things.

ollas: pots

opresión: oppression

oprimidas: oppressed

oprimido: oppressed

orden: organized

organícense: get ready

P

pacientemente: patiently

palenques: towns founded by enslaved people that escaped

palma: palm tree

panelitas de coco: coconut and cane sugar snack

papel: role

paradas: stops

paradójicamente: ironically

parezca: seems

pasajes: bus fares

pasos: steps

pateándola: kicking it

pateó: kicked

patita: little leg

patria: homeland

patriota: patriot

patrón: boss

paz: peace

pedacito: piece

pedazo: piece

pelear: to fight

perdida: lost

perdieron: lost

permitía: allow

permitido: allowed

perpetúan: perpetuate

perseguidos: persecuted / followed

personal: staff

pertenecen: belong

perturbarla: disturb her

pesca: fishing

pescando: fishing

piezas: pieces

pirámide: pyramid

pisoteados: stepped over

pisoteados: trampled / be stepped over

placer: pleasure

poder: power

podernos: we can

podría: could

políticas: policies

poniendo atención: paying attention

por encargo: on request

por encima del hombro: over the shoulder

posición: position

potencias: powers

preocupada: worried

presento: I take / I write

privados: deprived

producimos: we produce

profunda: deep

prohibido: forbidden

promesa: a promise

prometedora: promising

prometen: they promise

prometerles: promise them

prometon: I promise

propia: own

propiedad: property

propuesto: proposed

próspera: prosperous

puestas: pit

pulía: polished

Q

que no se te vayan a quedar: don't leave them

quebrando: breaking

quedaba: was remaining

quedaron: remained

quesitos: a type of cheese

R

rabia: anger

raíces: roots

razas: races

razón: reason

realista: royalist

realistas: royalists

recámaras: chambers

recibía: received

recibir: receive

recibirán: will get

reclutando: recruiting

reclutar: recruit

recoge: pick up

reconocemos: we recognize each other
reconocer: recognize
reconocidos: recognized
reconoció: recognized
reconozco: I acknowledge
reconstruir: rebuild
reconstruirse: rebuild
recordarles: remind them
recorrido: travel
recuerdos: memories
recuperar: retrieve / recover
recurrir: resort
reflejaba: reflected / showed
reflejo: reflection
reforzar: strengthen
regalaban: gave
regreso: coming back
relaciones: relationships
relatos: accounts / stories
rentabilidad: cost effectiveness
rentable: profitable
renunciar: give up
reojo: sideways
resonadores: resonators
respondieron: answered
retroalimentación: feedback
retumbaba: rumbled
reuniendo: gathering
rincón: corner
riqueza: wealth
rodaban: where coming down
ruido: noise

S

sabiduría: wisdom
sabor: taste
sacarle: take out
salada: salty

salgo: go out

salvar: save

sastres: tailors

se apuraran: hurry up

se atrevía: would dare

se dice que: it is said that

se dieron cuenta: they realized

se enteró: found out

se había dado cuenta: had realized

se la llevó: took her

se lanzó: threw herself

se las tenía que ingeniar: she had to manage

se lo temían: they were afraid

se quedó con ella: kept it

se soltó: got loose

se te olvida: you are forgetting

seco: dry

seguidores: followers

según: according to

segunda: second hand

selva(s): jungle(s)

señalándole: pointing at

separa: separates

separaban: split

servía: was used

sigilosamente: on the sly / quietly

sin dudarlo: without any doubt

sin falta: without fail

sino: but

sobraba: left over

sobre: envelope

sobrevivir: survive

sobrina: niece

sometidos: bring under

sonido: sound

sonriéndole: smiling

sonrisa: smile

soportó: handled it

sospechaba: suspected

sostuvo la mirada: locked eyes
sudor: sweat
sueño: dream
suficiente: enough
sufridos: suffered
sufrimiento: suffering
supimos: we knew

T

tablillas: slat, shingle
tal y como: as
taller: workshop
tarareando: humming
tazas: cup
tema: topic
teniente: lieutenant
tenso: tense
terminada: finished
territorios: territories
textile: textile
tierras: lands
tócala: play it
toleró: tolerated
tonos: tones
torturados: tortured
toscas: rough
tosiendo: coughing
trabajos: projects
traía: brought
traición: betrayal
traicionar: betray
traicionen: they betray
trance: trance
tranquila: calm
tranquilamente: calmly
tranquilo(s): calm
tras: after
tratando: trying
triunfante: triumphant
tubos: tubes / pipes
tumbar: knock down

U

una que otra: one here and there
unía: united
uniera: would join
unieran: united / joined
unir: join

V

va a dejar: he is going to stop

vacías: empty

valoro: I value

velas: candles

venas: veins

venta: sale

vestidos: dresses

viable: viable, feasible

viaje: trip

vientre: womb

volémonos: let's ran away

Y

yo me pido: I got dibs

Z

zapateros: shoemakers

Otros libros escritos por Adriana Ramírez

Nivel 1

Nivel 2

Nivel 3

Nivel 4

El Cóndor de los Andes
Adriana Ramírez
Español 4
Segunda Edición

RIGO
Adriana Ramírez

EL CAMINO DEL CAFÉ
Adriana Ramírez

Adriana Ramírez
Es posible soñar

UN NUEVO
amanecer
Adriana Ramírez

LA MARIMBA DE MI ABUELO

Silleteros
Adriana Ramírez

This book was written by a Latin American author

Made in the USA
Monee, IL
05 October 2024